ÉLOGE

DE SUGER.

ÉLOGE
DE SUGER,
MINISTRE
ET
RÉGENT DU ROYAUME,

En Réponse à la Satire intitulée SUGER, *Moine de Saint Denis.*

PAR M. DELAMALLE,
Avocat au Parlement.

Nec criminibus falſis in odium aut invidiam quemquam vocabit. *Cic. De Offic.*

A AMSTERDAM,
Et ſe trouve à Paris,

Chez
{
LOTTIN le jeune, rue Saint Jacques;
MERIGOT le jeune, quai des Auguſtins;
DE MONVILLE, rue Saint Severin.
}

M. DCC. LXXX.

AVERTISSEMENT.

JE ne fongeois aucunement à faire imprimer un éloge de Suger ; lorfqu'il me tomba entre les mains un écrit fatirique, diftribué fous le manteau, intitulé, *Suger, Moine de Saint-Denis :* cette piéce anonime refpire d'un bout à l'autre la fureur de la haine & la mauvaife foi de la jaloufie ; ce Miniftre y eft peint comme un fourbe, un barbare ; un homme à la fois lâche & cruel : je conçois comment le goût de l'épigramme, des reffentimens perfonnels & le défir de la vengeance infpirent une fatire ; comment, voulant faire ce qu'on appelle un ouvrage piquant, on choifit pour objet de fes farcafmes, un Écrivain célèbre, ou un homme en place ; mais je ne puis comprendre que l'envie de fe fingularifer, détermine à accumuler injure fur injure,

A ij

fauſſeté ſur fauſſeté, pour avilir un Miniſtre mort depuis ſix cents ans : eſt-ce
à Suger, eſt-ce aux Moines, eſt-ce à
l'Académie Françoiſe que l'Auteur en
veut ? Je ne démêle point ſes motifs :
s'il a cru qu'il étoit utile de détromper
la nation abuſée, & de rayer de nos
annales un homme qui uſurpoit les hon-
neurs dûs au génie & à la vertu ; pourquoi ſe cacher ? Il falloit faire juſtice hautement, ſe nommer & citer ſes autorités : la plupart des Lecteurs ne con-
noiſſent l'Abbé Suger que par l'Hiſtoire
de France ; il doit leur paroître étrange
que ce Miniſtre, ſi fort exalté, ne ſoit
qu'un lâche tyran & qu'un heureux
ſcélérat ; mais on ſe fera perſuadé ſans
peine que les Panégiriſtes du concours
avoient été forcés de lui trouver du mérite, & les torts ſur leſquels ils ont paſſé
condamnation, donnent du crédit à des
imputations plus graves ; ainſi, Suger
comblé d'éloges par les Hiſtoriens, an-

noncé par-tout comme un génie supérieur, comme un Miniftre vertueux, eft tombé tout-à-coup de ce haut rang où l'Hiftoire l'avoit placé ; on vouloit le couronner, & le voilà dépouillé : un grand homme outragé par fes contemporains peut en appeller aux fiecles futurs ; quelle reffource refte-t-il contre l'injuftice de la poftérité ? Dans peu on ne parlera plus de Suger, on n'écrira plus ni pour ni contre, & il paffera pour conftant que fa conduite n'a pu foutenir le grand jour de notre fiecle de philofophie.

On penfera peut-être qu'il ne fut pas fans talens ; mais qu'il eut des vices plus grands encore ; & l'on attribuera plutôt fon élévation à l'intrigue & aux circonftances. Dans ce procès fait à fa mémoire, je dis que c'eft aux accufateurs à prouver ; j'ajoute que ce n'eft pas fur les récits infideles de l'Auteur de fa vie qu'il faut s'appuier ; mais fur les pieces

originales, en rapportant le texte. On
eſt excuſable de louer ſur la foi d'autrui;
il eſt ſi doux, ſi beau de croire à la vertu;
mais il eſt téméraire d'accuſer de même;
il eſt odieux de ſuppoſer le crime. Dom
Gervaiſe, Abbé de la Trappe, Auteur
de la vie de Suger, en trois volumes,
& d'une foule d'autres ouvrages de ce
genre, avoit de l'imagination; elle lui
a été d'une grande reſſource dans la
compoſition de celui-ci; on peut réduire
à dix pages ce qu'il y a d'exact ſur l'hiſtoire de Suger; Gervaiſe ne manquoit
cependant pas de quelques-unes des qualités de l'hiſtorien; il avoit du jugement,
de la pénétration & du ſavoir; mais
voyant que cette hiſtoire fourniſſoit peu
de faits, il a cru qu'en remontant à ſix
ou ſept ſiécles, il étoit permis d'aider à
la lettre: beaucoup d'Hiſtoriens penſent
qu'il vaut mieux intéreſſer ſon Lecteur
par des fables, que de l'ennuier par des
gazettes découſues, & ne ſe font point

ſcrupule de ſuppléer au défaut de ma-
tiere : Gervaiſe, qui ſe propoſoit de dire
du nouveau & d'en dire long, a enchéri
de beaucoup ſur tous ceux qui l'avoient
précédé ; il eſt difficile d'écrire la vie d'un
homme célèbre, ſans uſurper un peu les
droits du Panégiriſte & du Critique ;
Gervaiſe a abuſé des uns & des autres ;
en cela il a fait le plus grand tort à la
mémoire de Suger ; pour un Ecrivain
qui a la patience & la bonne foi de con-
ſulter les pieces originales, il y a mille
Lecteurs qui s'en rapportent à juſtice
& condamnent ſur parole. Souvent Gervaiſe ſuppoſe des faits & prête à Suger
des actions, des réſolutions & des con-
ſeils dont il n'eſt queſtion nulle part ;
plus ſouvent il exagere ſes torts & le
cenſure ſuivant ſa maniere de voir (a) ;

(a) Une erreur aſſez plaiſante eſt celle que Gervaiſe fait en parlant de la tranſaction paſſée entre
Louis, Abbé de Saint-Denis & Charles le Chauve ;

cette hiftoire fut attaquée par Dom Vincent Thuillier, dans fa préface des *Œuvres pofthumes de Mabillon*, Gervaife répliqua par une brochure intitulée *Défenfe fur la nouvelle vie de Suger & de l'Abbé de Rancé*, mais Dom Vincent n'avoit relevé que quelques erreurs contenues dans les differtations qui précédent l'hiftoire, annonçant que celle-ci en étoit pleine, & qu'il n'avoit pu foutenir la lecture d'un volume entier ; il eût été impoffible à Gervaife de répondre fi l'on fût entré dans le détail de la vie de Suger ; fon inexactitude a égaré ceux qui fe font contentés de fon

preffé de cenfurer la conduite des Moines & voulant donner une idée de leur intempérance, il ne s'eft pas apperçu qu'il prenoit des œufs pour des bœufs, & il fe récrie fur le prodigieux appétit de cent Moines, qui demandoient par an onze cents bœufs, *mille centum ova* ; cela pourroit paffer pour une méprife ; mais il ajoute qu'ils prirent des porcs à proportion ; le texte porte *tres porci*, trois porcs.

témoignage (*a*), on a loué quand il loue, blâmé quand il blâme, & ce qui a donné plus de crédit à fa critique, c'eft qu'il étoit Moine & qu'il écrivoit la vie d'un Moine ; ce qu'il y a de certain, c'eft qu'il n'eft pas un fait fur lequel un Juge impartial ofe ouvertement condamner Suger après avoir lu & pefé les monumens hiftoriques originaux ; l'Auteur de la fatyre ne s'eft cependant pas contenté des fables de Gervaife ; il a imaginé des atrocités de toute

(*a*) Dans le Mercure du 23 Octobre dernier, en rendant compte d'un éloge de Suger, ayant pour épigraphe *Juftiffimus unus*, on lui reproche un confeil intéreffé qu'il donna, dit-on, lors de la guerre du Puifet pour faire décamper l'armée de Touri ; ce confeil eft de l'invention de Gervaife ; je n'en ai trouvé aucune trace dans les originaux.

J'apprends qu'il exifte encore un éloge diffamatoire ayant pour épigraphe *quid faciam Romæ mentire nefcio*, où Suger eft fort maltraité, celui-ci n'eft pas venu à ma connoiffance, mais Gervaife eft toujours à coup fûr la fource où l'Auteur a puifé.

efpèce pour en charger Suger ; je le fomme donc de fournir fes preuves ; il a bien fu rendre fes accufations publiques, il ne doit pas manquer de reffources pour fa propre juftification ; jufqueslà qu'il ne s'étonne pas fi je dénonce fon ouvrage comme un tiffu de menfonges ; & pour fixer les idées fur cet objet, je donnerai à la fuite du difcours les articles principaux fur lefquels il eft invité de citer fes autorités ; je mettrai en oppofition les paffages, fidelement extraits, des monumens hiftoriques qui ont quelque rapport à ceux de la fatyre, & je terminerai par quelques obfervations fur les torts qu'on impute le plus généralement à Suger.

Cet ouvrage auroit dû paroître beaucoup plutôt ; mais la fatyre m'eft parvenue trop tard, & d'autres circonftances en ont encore éloigné l'impreffion.

ÉLOGE

ÉLOGE
DE SUGER,

Miniſtre & Régent du Royaume.

DANS l'enceinte d'un de nos Temples, antique monument, auguſte tombeau, où la mort accumule les cendres de nos Rois; repoſe un Religieux digne de partager avec eux ce dernier azile, comme il partagea leurs travaux, leur puiſſance & leur gloire. Un Roi, ſon maître & ſon ami, vint y dépoſer ſon cercueil, l'arroſa de ſes larmes; les regrets de toute la nation, les louanges de l'Europe entiere, retentirent à l'entour; & ſur la pierre qui couvre ſa ſépulture, on ne grava que ces mots; *ci-gît l'Abbé Suger* : ce nom ſuffiſoit à l'immortalité du monument; le reſte étoit écrit dans tous les cœurs.

Il étoit réservé au siecle de la philosophie
& des lumieres, d'apporter sur le tombeau
des grands Hommes les tributs des arts, de
l'éloquence & du génie, & d'offrir au culte
de nos concitoyens les images de ceux qui
servirent la patrie & qui l'ont illustrée. Sans
préférence, sans préjugés, sans esprit de parti;
tout ce qui est grand, tout ce qui fut vertueux, doit obtenir cet honneur; & le Religieux Suger mérite ces hommages rendus
à des Guerriers, à des Magistrats & à des
Philosophes.

Depuis six cents ans, l'Europe inondée par
un déluge de barbares, dévastée par la fureur
des conquêtes, n'étoit qu'un théâtre de combats; la superstition, l'ignorance & la férocité
s'y disputoient l'empire sur un troupeau d'esclaves; loix, justice, humanité, tout avoit
disparu : un genre de gouvernement étrange
s'étoit établi; la féodalité, monstre né du
sein des troubles, avoit multiplié les tyrans;
plus de droit que la force, de sceptre que
le glaive, de trône que sur le champ de
bataille : cette riche partie du monde, sembloit un repaire d'animaux féroces, qui ne
s'élançoient de leurs affreuses retraites que
pour enlever des victimes ou s'en arracher
les dépouilles. La Religion désespérée, au
milieu de ces farouches guerriers, n'en rece-
voit que de sauvages respects, que d'aveugles
hommages, & n'avoit que des excès à dé-
plorer; tout devient une arme dangereuse

entre les mains des furieux ; le nom de Dieu,
écrit sur les étendarts, donne le signal des
combats ; ses Ministres même sont entraînés
par le torrent, tirent aussi l'épée, s'exercent
au meurtre, & de leurs mains sanglantes,
vont parer & servir les autels. Par-tout
règne un mélange monstrueux de superstition
& de licence ; àcôté de l'ignorance
l'orgueil est assis ; l'ambition & la cupidité
prêchent le mépris du monde & des richesses ;
l'Eglise allarmée réitere vainement
ses efforts pour renouer les chaînes de la
discipline qui se brisent de toutes parts ;
elle-même est attaquée dans ses fondemens,
les schismes se multiplient, l'esprit
de domination s'empare de toutes les têtes,
confond tous les pouvoirs, & d'une main
également téméraire, les Princes frappent les
autels, & les Evêques ébranlent les trônes :
au milieu des cris de guerre & des éclats des
anathêmes, les Fideles consternés cherchent
leurs guides, les Sujets égarés ne reconnoissent
plus leurs maîtres ; & les Peuples, toujours
victimes des passions des Grands, ne recueillent
de tant de divisions & de combats, que la
captivité, la misere ou la mort.

Comment la France est-elle sortie de ce
cahos ? Quelle main a donné l'impulsion à
ette machine en désordre ? En proie à
ous les troubles de ces tems malheureux,
elle sembloit pour jamais assujettie à la constitution
féodale ; nos Rois, tantôt par né-

ceffité, tantôt par foibleffe, avoient laiffé
divifer l'immenfe héritage de Charlemagne ;
las de combattre pour une autorité qui trouvoit autant de rivaux que de guerriers, ils
fe maintenoient avec peine dans leurs domaines
difperfés ; alors un Prince intrépide & vertueux monta fur le trône, un Miniftre joignit
au courage de fon maître, la politique &
le génie ; ce Prince étoit Louis le Gros,
ce Miniftre étoit Suger.

Confacré dès le bas âge à l'état Monaftique,
élevé dans Saint - Denis avec Louis le Gros,
Suger eut l'avantage de s'en faire connoître
& le bonheur de lui plaire ; difons mieux ;
Louis eut le bonheur de rencontrer Suger &
la gloire de fe l'attacher : l'éducation méloit
alors le Prince avec fes Sujets, elle ne faifoit
pas des Poëtes, des Orateurs & des Savans,
mais elle auroit formé de grands Rois, fi la
fuperftition l'eût permis. Dumoins les Cour-
tifans ne s'emparoient pas du berceau de leur
maître ; ils ne l'enveloppoient pas pour le
dérober dès l'enfance aux regards de fon peuple,
& n'accoutumer fes yeux qu'à des illufions
& fes oreilles qu'au menfonge : il pouvoit
juger & choifir fes ferviteurs ; il pouvoit avoir
des amis : éclairé par les dangers qui l'envi-
ronnoient, fon propre intérêt l'eût forcé d'être
jufte & d'accueillir le mérite. Louis le Gros
trouvoit à la fois dans Suger, le Miniftre né-
ceffaire à fon règne & l'ami qu'il falloit à fon
cœur ; il reçut du hazard, qui les rapprocha,

ce préfent ineftimable; mais il tenoit de la nature une ame faite pour en fentir le prix; ce Prince que fa valeur fit appeller le Batail-leur, par fa haine pour les méchans, mérita aufli le nom de grand Jufticier; modele de ces Chevaliers fans reproches, dont le bras vengeur étoit l'effroi des brigands & l'efpoir des malheureux; émus par le fpectacle de l'in-fortune, enflammés par le récit des injuftices, ils faififfoient leurs armes, pourfuivoient le tyran jufqu'au fond des forêts, & ne fe don-noient point de repos qu'ils n'en euffent purgé la terre; tel parut Louis le Gros, parcourant fes domaines; toujours armé pour châtier des rebelles & punir des coupables : cette humeur guerriere eft rarement à défirer dans un Roi; pour Louis le Gros, ce fut une vertu du moment; combattre, c'étoit rendre la juftice; vaincre, c'étoit règner; on ne pouvoit gou-verner des foldats que par des exploits, & fubjuguer ces efprits féroces que par un cou-rage qui les étonna.

Le bonheur accompagnoit les armes du Roi, & le fuccès récompenfoit fa vigilance; mais il travailloit pour lui-même en défen-dant fa couronne; quand la fortune auroit toujours été fidele à fa vertu, fa vie avoit un terme; en affociant Suger à fon pouvoir, il enchaîne le deftin, il fait tout pour fon peuple; le Miniftre embraffe dans fes deffeins les générations futures, la prudence vient

s'unir à la force, & le génie seme dans les
champs de la victoire.

Je ne m'arrête point à confidérer les premieres années de Suger, & ne le louerai pas
des travaux de fon enfance; l'Hiftoire n'en
dit rien : & que pouvoit-elle nous en
apprendre ? C'étoit à lui d'inftruire fon fiécle,
il n'y vit que des abus & n'en auroit reçu que
que des préjugés; celui qui doit réformer
l'efprit humain n'a de maître que la nature,
& l'éducation du génie, eft un combat con-
tinuel de la raifon contre l'erreur.

Ecartons donc & les détails de fa jeuneffe,
& tous les récits fabuleux dont l'Auteur de
fa vie a groffi fon roman; prenons une route
plus fure ; cherchons dans l'Hiftoire de la
nation celle de fon bienfaiteur ; interrogeons
les tems qui l'ont fuivi plutôt que ceux qui
l'ont vu naître, & ne craignons pas de nous
égarer: Suger paroît, on voit briller l'aurore
de notre gouvernement, un fyftéme auffi
réfléchi qu'étendu, s'établit avec fon miniftere :
depuis cet inftant, le plan qu'il a conçu fe
développe de regne en regne, le trône s'af-
fermit, & l'autorité royale, foible ruiffeau
dans fa fource, roule à fon extrêmité comme
un torrent dans le lit que fa main a creufé.
Voilà l'hiftoire que j'ai choifie : les révolutions
font mes garants, la tradition eft mon guide.

Difpofé par la nature, préparé par la mé-
ditation, éclairé par les malheurs dont il eft
témoin

témoin, décidé par les infpirations du génie,
Suger entre dans le Confeil & jette les yeux
fur fa patrie. Quel fpectacle pour une ame
frappée des grandes idées de l'ordre & de
la juftice ! qu'elle douleur auffi, pour un cœur
fenfible à tant de maux ! Ce n'eft pas dans
la courte durée de la vie d'un homme qu'on
peut les réparer ; des fiécles fuffiront à peine ;
Suger va combattre & d'autres triompheront
pour lui ; mais la victoire eft affurée, fi l'on
fuit avec conftance le chemin qu'il aura tracé ;
cette penfée lui fuffit & le confole ; heureux
de ce qu'il voit dans l'avenir : la prefcience
du génie eft la récompenfe de fes travaux.

Trois objets fixent l'attention de Suger ;
la puiffance des Seigneurs, les prétentions du
Clergé, la nullité du Peuple : ce n'eft pas
par des loix que commencera fa réforme ;
la légiflation fuppofe le pouvoir ; & la juftice,
qui d'une main porte la balance, dans l'autre
doit tenir une épée ; ce font des ufages qu'il
s'agit d'établir ; l'ufage eft la lime qui ronge
les plus durs métaux ; enfant du befoin, né
dans l'obfcurité, nourri dans le filence, croif-
fant infenfiblement, il plie à fon joug &
foumet lentement les efprits, comme le tems
appefantiffant fa main de jour en jour courbe
la tête des vieillards : c'eft à lui que Suger
a recours ; le moment viendra de confacrer
hautement les maximes dont il dépofe le germe
au fein de l'Etat ; fes fucceffeurs en auront
la gloire : jufques-là, créer les idées, amaffer

B

les matériaux, réfusciter des droits abandon-
nés, maintenir ceux qui font difputés, recher-
cher les coutumes anciennes, introduire les
nouvelles avec adreffe, les défendre avec vigueur; en un mot, fe faire une poffeffion &
la foutenir par la force; voilà ce qu'exige
le fiécle de la féodalité.

La puiffance des Seigneurs & celle du
Clergé, rivales redoutables de l'autorité
royale, font deux coloffes dont il faut ufer
les pieds avant de les frapper à la tête; l'un
a pour bafe le régime féodal, l'autre le fyf-
tème d'indépendance. Qu'étoit ce donc que
ce régime féodal, honoré du nom de gouvernement? C'étoit le règne de l'épée, ayant
l'ufurpation pour fondement & la violence
pour appui; dans la fubordination des vaffaux,
dans cette échelle de mouvances & de fuze-
rains*, dans ces jugemens des Pairs; vainement
on cherche les principes de fociété qui font
le gouvernement: on ne trouve qu'une conf-
titution ridicule & barbare, inventée par des
Conquérants pour éternifer la tyrannie; tout
y tend à l'aggrandiffement du plus fort, à l'op-
preffion du plus foible; la raifon, l'humanité,
la juftice ne peuvent être entendus; chacun
eft juge dans fa caufe & ne connoît de regles
que les titres de fa terre; on paie par une
obéiffance aveugle & fans bornes, par le
facrifice de fa vie, la conceffion du moin-
dre domaine; pour l'obtenir, on jure l'oubli
des devoirs les plus facrés, des fentimens

les plus chers : obligé de s'armer pour son Seigneur envers & contre tous , amis , vaſſaux, parents , fût-ce le Roi même ; on eſt à la fois Sujets & Seigneurs les uns des autres , & ce qui met le comble au déſordre ; le Roi devient auſſi vaſſal de ſon vaſſal, & jure une fidélité que lui ſeul auroiṫ droit d'exiger.

Cependant, que fait le peuple , le Laboureur , l'Artiſan ? ſemer pour ne point recueillir , travailler ſans relâche & ne jouir de rien ; tel eſt ſon triſte ſort ; on ne ſoupçonnoit pas même qu'il fût le véritable ſoutien de l'Etat , que l'abondance dût ſortir de ſes mains , & que la proſpérité publique dût être le fruit de ſon bonheur. Pénétré de ces vérités , c'eſt en lui que Suger a mis ſon eſpoir ; mais l'audace des Seigneurs , les factions ſans ceſſe renaiſſantes, la diviſion des Domaines , détournent un moment ſes regards & ſuſpendent ſes projets : que ſerviroit au peuple ſa liberté, ſi l'on n'enchaînoit les brigands ? Avant de lui donner une terre à cultiver , qu'il ſoit aſſuré d'y ſemer & d'y recueillir en paix : la confiance du peuple dans le gouvernement, eſt l'ame de ſon induſtrie.

Ainſi , pour aſſurer le ſuccès de ſes établiſſemens, Suger ſentit qu'il falloit d'abord ſe faire craindre & rendre ſon maître le Seigneur du Royaume le plus puiſſant & le plus riche ; lorſque le Prince réunira le plus de domaines, ſes établiſſemens auront une in-

fluence néceſſaire ſur toutes les parties du
corps féodal ; ils gagneront de proche en
proche,&la conſtitution inſenſiblementaltérée,
cedera enfin aux coups redoublés qu'on ne
ceſſera de lui porter. Dans ces principes ;
Suger ne néglige aucune occaſion de raſſem-
bler & d'aggrandir les domaines ; inveſtis dans
Paris par des Châteaux & des For:ereſſes
dont la ſituation avantageuſe nourrit l'orgueil
des Seigneurs, les foibles deſcendants de
Hugues Capet ſont chaque jour menacés de
perdre un trône ſur lequel ils ſe ſentent encore mal affermis. La priſe d'une ville, la
perte d'une bataille, peut décider de leur
droit à la Couronne ; Suger écarte par des
traités & des échanges ces voiſins turbulents
& dangereux ; dès qu'une révolte éclate, on
attaque les rebelles avec vigueur ; ſont-ils
ſoumis ? la clémence acheve l'ouvrage de la
juſtice ; Suger connoît les hommes qu'il gou-
verne ; une extrême rigueur les pouſſe au
déſeſpoir, l'eſpérance du pardon les amene
au repentir : bientôt le trône devient l'azile de
tous les opprimés, & chaque expédition mi-
litaire devient un acte de juſtice.

Alors, commencerent ces inſtitutions faites
pour accélérer encore & conſolider la réunion des domaines ; où brillent & les con-
noiſſances du plus habile Adminiſtrateur, &
les vues d'un Légiſlateur profond ; où les
Miniſtres devoient puiſer les regles de leur

conduite, pour fonder le pouvoir des Rois sur la félicité des Peuples.

En ce moment, je me repréfente Suger méditant fes établiffemens, & je vois la chaîne des idées fociales & politiques fe développer ; je vois fortir du fein de l'anarchie le gouvernement le plus parfait qui foit parmi les hommes ; cette image me rappelle le Créateur étendant fa main fur le cahos & féparant les élémens pour en former le monde. L'idée d'une Monarchie, le germe de fes principes exiftent, mais rien n'eft à fa place; les forces fe heurtent, les pouvoirs fe confondent, les paffions fe déchaînent, la Juftice eft muette & les ténebres font répandues fur toute l'Europe : Suger apperçoit des malheureux difperfés dans cette nuit affreufe ; fur leur front, l'Eternel avoit écrit, *liberté* ; d'autres hommes ont effacé cette augufte empreinte, & les trainent à leur fuite ; Suger délivre ceux qui l'environnent ; juftement révolté contre l'abfurde & barbare empire qui viole les droits de la nature & dégrade l'efpece humaine, en faifant de l'homme la propriété de l'homme, il affranchit les ferfs dans les domaines ; le droit de gouverner ne fera plus celui d'immoler des victimes.

Admirons ici la grandeur de l'ame unie à la force du génie ; Suger avance un pas dans la carriere, & ce pas touche au but; il a créé un peuple, il a fait un Roi : grande leçon pour vous, Souverains de la terre ! n'oubliez

B iij

jamais que l'homme eſt né libre, & que vous êtes venus au monde nuds comme le dernier de vos ſujets, vous ſerez juſtes, vous deviendrez puiſſants & vous rendrez vos peuples heureux. Les Courtiſans, vendus à vos paſſions, vous tiennent un autre langage; eh bien, ils vous dépouillent & vous ruinent : remontez au ſiécle de Suger & voyez ce qu'il a fait. La liberté du François eſt devenue le gage de ſon attachement au trône & la ſource de la richeſſe de ſes Rois. Iſolé par la ſervitude, privé des plus beaux droits de la nature & de la ſociété, de quoi l'homme eſclave ſeroit-il capable? Il a perdu le ſentiment de ſa nobleſſe & de ſa force, il ne lui reſte que celui de ſes maux.

Déjà le ſerf libre de ſes liens peut regarder le Ciel & ſe rappeller ſon origine; il peut porter ſes pas au gré de ſes deſirs; mais ſon azile eſt envahi, ſon domaine uſurpé; ce n'eſt pas pour lui que la terre eſt fertile : Suger l'appelle & lui dit; viens habiter ce champ, ce ſera ton héritage; je l'affranchis à jamais des droits funeſtes de pourſuite & de mainmorte; je les déteſte. Que tes enfans le recueillent après toi; que ta famille jouiſſe du fruit de tes peines; mais remplis ta deſtinée, travaille, la nature le demande, la ſociété l'exige, vis & paye à l'Etat le prix de la protection qu'il t'accorde. A ces mots, la terre inculte reçoit la charue, les friches diſparoiſſent, les campagnes ſe couvrent de moiſfons, & l'abondance renaît avec l'efpoir du Laboureur.

Je le fens. Le charme de ces tableaux me féduit & m'entraîne ; quoi ! ces idées font nées dans la tête d'un Miniftre du onzième fiécle ; c'eft du fond d'un Monaftere, dans un tems de barbarie, que fortent des conftitutions pleines de fageffe & d'humanité, que peut-être de nos jours on n'arracheroit pas fans peine à la dureté des Suzerains. Paroiffez maintenant ; vous qui dans vos retraites voluptueufes, dans vos palais fuperbes, croyez expier vos concuffions en payant cherement vos plaifirs, qui penfez réparer les maux que vous avez faits à l'Etat, par les excès d'un luxe dont l'exemple acheve fa ruine ; vous, qui vous dites les bienfaiteurs de l'humanité, pour avoir enrichi les Miniftres de vos paffions des dépouilles de vos vaffaux malheureux ; qui prodiguant l'or à des Chanteurs, à des Courtifannes, pourfuivez vos fujets fans pitié pour des droits fouvent modiques & plus fouvent odieux ; connoiffez la fource de ces droits que vous ofez appeller une propriété légitime & facrée ; fachez ce qu'en penfôit un homme tout puiffant, mais vertueux ; lors même que la tyrannie féodale étoit dans toute fa force (a) ; & qu'ai-je befoin de louer Suger

_____

(a) Quoniam oppidani & manfionarii Villæ Beati Dionifii de exactione confuetudinis peffimæ quæ mortua manus dicitur, &c.... Quatenus eos &

& de le donner pour modele ? Son éloge eſt
ſorti de la bouche même de mon Roi ; du
trône que je ſers eſt partie la loi qui déracine
les reſtes de ces cruelles main - mortes; imitez
ce bel exemple : la propriété eſt la mere de
l'émulation, du commerce & des arts.

Ce n'eſt pas aſſez d'exciter l'induſtrie, il
faut la protéger, il faut que la juſtice ſoit
rendue, & le droit ſi beau de la rendre,
ce droit qui fait les Souverains, eſt échappé
des mains de nos Rois; recouvrer cet attri-
but du rang ſuprême, uſurpé par les Seigneurs,
c'eſt le plus important & le plus difficile des
projets de Suger. Je ne dirai pas par quels
moyens fut opérée cette grande révolution ;
c'eſt à la critique à ſuivre ſes progrès dans
l'Hiſtoire, à dévoiler l'eſprit politique des
uſages qui furent alors établis & leur influence
ſur l'autorité royale & ſeigneuriale. Ce que
je dois remarquer, c'eſt qu'aucun autre objet
n'a plus excité le zele de Suger & plus exercé
ſon courage; c'eſt qu'il y employa tout ce
que peuvent l'adreſſe, l'activité, la conſtance

---

eorum heredes à tam pravæ exa&tionis & oppreſ-
ſionis jugo eriperemus, &c. Sug. Conſt. 2.
Quicumque in quâdam Villâ noſtrâ quam ædifi-
camus quæ valcreſſon appellatur manere voluerint ;
arpennum unum & quartam arpennis partem pro
duodecim denariis cenſus habeant & ab omni talliâ
& exactoriâ conſuetudine immunes exiſtant, &c,
Sug. Conſt. 2.

& la fermeté; vivement pénétré de la grandeur des fonctions de Juge, convaincu de l'ascendant que donnent sur les esprits ce savoir & cette expérience qui en imposent aux passions : il s'étoit sur - tout appliqué à l'étude du Droit, & des Coutumes invoquées de son tems; personne ne fut plus versé dans la connoissance des usages du Royaume, des prétentions, des priviléges & des droits de tous les corps & de toutes les Puissances ; c'est principalement à ses lumieres en ce genre qu'il dut sa grande renommée ; c'est par elles qu'il se concilia le respect des grands, l'amour du peuple & l'estime des étrangers ; plus le désordre des affaires civiles, plus la confusion politique étoient grands ; plus cette science de Suger augmenta son crédit ; moins il y avoit de loix, plus les jugemens faisoient admirer le Juge & lui donnoient d'empire. Cette célébrité de Suger & la confiance qu'il inspira, firent autant pour l'autorité royale que tous les ressorts politiques. Il communiqua au Conseil du Prince cet ascendant qu'il avoit acquis ; on s'accoutuma à voir dans le Ministere & dans la Cour du Roi, le dépôt des usages & l'organe de la nation. L'opinion que Suger avoit de la justice, les espérances qu'il fonda sur son rétablissement, ses efforts & ses travaux dans cette partie de l'administration, suffiroient à sa gloire, & le mettent bien audessus de son siécle.

Cependant à fes yeux l'ouvrage eft encoré imparfait ; ce qu'a fait n'aître fon génie, ce que foutient le courage de Louis le Gros, périra peut-être dans des mains plus foibles & moins fortunées ; il vient de bâtir & de peupler des Villes, il y manque des remparts; fes nouveaux fujets, rendus à la liberté, ont cultivé leur héritage, & la terre eft devenue fertile ; elevés au rang de citoyen, ils auront une patrie & des foyers à défendre ; ils feront foldats : ainfi, dans la Fable, les guerriers de Cadmus fortent du fein de la terre & les fillons enfantent des armées.

Tel eft l'enchaînement des idées de Suger. Dans le plan qu'il a formé, tout fe combine & fe lie ; tout ce qui fonde & foutient un Empire, fe réunit pour élever le gouvernement monarchique fur les ruines de la féodalité. Cet établiffement des Communes, chef-d'œuvre de fageffe & de politique, confommera la révolution & portera le dernier coup à la puiffance des Seigneurs : les Rois ne feront plus victimes du caprice de leur vaffaux, & le trône aura fa milice ; les Villes ne feront plus abandonnées fans défenfe au premier factieux qui voudra s'en emparer ; elles auront des armes, des légions, des Capitaines, des Tribunaux & des Magiftrats ; ces corps particuliers, animés de l'efprit Républicain, mais foumis à l'autorité royale par leur nature, divifés d'intérêt avec les Seigneurs, unis avec le Prince par la néceffité ;

formeront une puiſſance intermédiaire, qui balancera les forces, & tendra ſans ceſſe à la deſtruction des grands vaſſaux, en les reſſerrant de toutes parts.

C'eſt ainſi que Suger attaque le gouvernement féodal ; mais inutilement on abbat les cent têtes de cet Hydre, ſi la puiſſance Eccléſiaſtique réuſſit dans ſes prétentions.

Le Clergé, avec plus de zele que de lumieres ; dans la ſainteté de ſes fonctions, dans la grandeur de ſes pouvoirs, croit trouver la ſource de ſon indépendance ; interprêtes des ordres du Ciel, diſpenſateur de ſes graces, des Evêques, peu ſatisfaits de règner ſur les conſciences, veulent régler publiquement toutes les actions des hommes ; membres de l'Etat, ils refuſent d'obéir ; ſujets du Prince, ils oſent le juger : ce n'eſt pas tout, & du Siége Pontifical, des Papes aſpirent à règner de même ſur tout le monde chrétien : les limites des deux puiſſances n'étoient pas encore poſées, on n'avoit pas répandu tout le ſang que leur confuſion a coûté ; la France elle-même n'avoit pas autour d'elle élevé le rempart de ſes libertés : les entrepriſes des Papes ſe renouvellent chaque jour ; quelques-uns emportés par un zele inconſidéré, d'autres par une exceſſive ambition ; Miniſtres du Roi des Rois, confondant le règne du Ciel & de la Terre, ſe croient appellés à la Monarchie univerſelle.

Qui ſait juſqu'où cette puiſſance auroit un

jour étendu fon empire & quels progrès elle auroit faits , fi des vues humaines n'avoient corrompu fes deffeins ? La feule force de la Religion pouvoit foumettre toute la terre à fes Miniftres ; mais ce que la douceur auroit obtenu fut exigé avec violence ; la cupidité voulut envahir ce que peut être on eût mis aux pieds de la pauvreté humble & défintéreffée : on donna trop fouvent aux hommes, aux richeffes, à tous les biens de la terre ce qu'on ne devoit qu'au maintien des mœurs & de la foi : conduits par des guides trompeurs , on s'égara; on prit fes deffeins pour des droits, des paffions pour des vertus , l'obftination pour la fermeté , la haine & les vengeances pour l'exercice d'un pouvoir légitime ; la multitude ouvrit les yeux & reconnut l'homme qui vouloit ufurper la place de fon Dieu.

Soyons juftes, toutefois , & fi nous difons les erreurs , honorons auffi les vertus : nous pourrions citer plus d'un nom réveré , plus d'un Pafteur chéri , dont le cœur & les mains ont toujours été purs ; modeles de piété , de patience & d'humilité ; hommes rares qui fembloient n'avoir rien de terreftre ; mais l'éclat de ces vertus ne fit qu'éclairer davantage les défordres dont elles étoient la cenfure.

Sans doute la politique de Suger lut dans l'avenir quel feroit le fort de ce fyftême d'indépendance & de Monarchie univerfelle ;

trop d'intérêts étoient compromis, trop de puiſſances attaquées pour que les forces de tous les Etats réunis ne rétabliſſent pas l'équilibre; trop de troubles & de guerres fatiguoient les peuples pour qu'ils ne fuſſent point déſabuſés. Ce tems, il eſt vrai, n'étoit pas proche, & Suger avoit prévu que les querelles Eccléſiaſtiques agiteroient encore plus ſon Miniſtere & lui donneroient plus d'inquiétude que les factions des grands: il avoit bien ſu oppoſer la force à la force, le courage au courage; le tems ſeul pouvoit fournir des armes contre les préjugés & gouverner l'empire de l'opinion: il jugea donc qu'il falloit prendre conſeil des événemens, ſurtout uſer de ménagement & d'adreſſe, ſaiſir les circonſtances favorables, céder à propos ou réſiſter à l'orage: trop habile cependant pour tout abandonner à la fortune & ne pas ſuivre une route déterminée, il s'attacha principalement à diviſer la Cour de Rome & le Clergé de France, comme en France il diviſoit les Seigneurs & le Clergé, les combattans l'un par l'autre, & profitant, pour s'agrandir, des pertes des différents partis; dans l'union des Egliſes, conſiſtoit toute leur force politique, & le plus ſûr moyen de ſoumettre les Evêques à l'autorité du Roi, étoit de leur ôter l'appui des Papes, en paroiſſant les défendre de leur ambition. Les guerres de l'Empire & de Rome lui fournirent encore des reſſources dont il tira de grands avantages ; tantôt fecondant les prétentions de l'un, tantôt nourriffant l'ambition de l'autre : il étoit également dangereux que l'un des deux fit la loi. Les Papes, toujours fugitifs, trouvoient un azile en rance contre les perfécutions des Empereurs ; & cette hofpitalité leur coûtoit cher quelquefois ; les mêmes droits qu'on refufoit à fes tyrans, il falloit les accorder à fes protecteurs. Telle fut la conduite de la Cour de France dans les Confeils où Suger accompagnoit le Roi.

Enfin, dans de preffants dangers, dans les affaires difficiles, Suger avoit recours à l'affemblée des Etats & ne craignoit point de les multiplier ; les regardant comme le remede aux plus grands maux : le bien général n'eft que la réunion des intérêts particuliers, & du choc de ces intérêts divers, naiffent les Règlemens les plus fages & les plus utiles à la fociété ; quelques-fois des Puiffances ennemies méditoient de fe nuire ; enchaînées par la réclamation publique, elles ont fait le bien par défefpoir ; des rébellions colorées du nom de mécontentement, n'ont pu foutenir les regards de la nation ; là fur-tout des citoyens courageux ont fait entendre la voix de la vérité, des innovations dangereufes ont été profcrites & les loix ont repris leur empire.

Maintenant le plan de Suger eft connu : nous l'avons parcouru ce plan fi vafte, fi fage ;

ce plan digne du siécle le plus éclairé : pen-
sera - t - on encore que Suger n'ait été qu'un
simple administrateur ? non sans doute ; l'administration a pour objet plutôt les choses
que les personnes, les besoins que les passions,
la police que la justice ; elle dispose plutôt
qu'elle ne crée ; elle régit un Etat & Suger
le forma. Il embrassa toutes les parties &
constitua un gouvernement qui n'existoit
point : s'il ne donna pas de loix, il prépara
les esprits à les recevoir ; Saint Louis écrivit
en quelque sorte sous sa dictée ; l'un jetta
les fondemens, l'autre éleva & distribua l'é-
difice.

Nous avons admiré le génie créant un
Empire ; honorons la sagesse qui règne sur
cet Empire naissant, & jouissons de leur triomphe ; Suger, en protégeant le peuple, a ré-
primé les Seigneurs & contenu le Clergé ;
l'Etat abandonné aura besoin d'un chef ; à
qui le sceptre sera-t-il confié ? Les Grands',
les Evêques, le Peuple, tous appelleront Suger ; tous se jetteront à ses pieds ; heureux
s'il consent à leur commander.

O respect sacré de la sagesse ! toi qui fais
la conscience & qui vis même au cœur du
méchant ; tu soumets aussi les passions ; l'ambition, l'orgueil, l'intérêt sont forcés de lui
rendre hommage & de l'invoquer dans les
périls.

Louis le Gros étoit mort & Suger pleu-
rant un ami quand la France perdoit un bon

Roi ; pénétré de douleur, défiroit quitter le Miniftere & la Cour ; mais fa vie entiere appartenoit à fa patrie : l'inaction d'un grand homme eft à la fociété ce que l'abfence du Soleil eft à la nature : Suger fe devoit aux travaux de la régence ; tracerai-je les événemens qui la précéderent ? Louis le Jeune règnoit en France, Lothaire fur l'Empire, Eugene à Rome, & Saint Bernard fur eux & fur toute l'Europe : Louis le Jeune, Prince courageux, mais fans caractere, fa.s politique & que la fuperftition énerva; Lothaire redevable de l'Empire à la politique de Suger ; Eugene, ami & difciple de Saint Bernard ; Saint Bernard dominant même le crédit de Suger, autant que le pouvoir de la Religion l'emportoit fur celui de la politique.

En voyant ces deux Perfonnages célebres ; tous deux brulants de zele & pleins de courage ; fouvent amis, fouvent rivaux, tour à tour unis & divifés ; tous deux cependant tourmentés de l'idée du bonheur ; reconnoiffons qu'il n'eft pas fur la terre ; Saint Bernard, ravi dans la contemplation des chofes céleftes, confumé du feu de l'amour Divin, ne trouve rien ici bas qui mérite nos regards ; hâtant les jugemens de Dieu, il foule aux pieds toutes les grandeurs du monde, ne veut ni ménagement avec la puiffance, ni paix ni treve avec les coupables ; foupirant après le Ciel, il oublie la fociété, s'emporte, s'égare & fe repent. Suger, ami des hommes, épris

des

des douceurs que promettent la paix & la juſtice, reçoit de Dieu même les leçons de gouvernement ; & dans la grandeur de ſes ouvrages, dans la ſageſſe de ſes deſſeins, dans l'ordre de l'univers, voit le modele de toutes les loix & la ſource de tous les devoirs ; il eſt Miniſtre ; on attaque ſes principes ; il réſiſte, la guerre s'allume, le ſang coule, & ſon cœur déſeſpéré cede, en gémiſſant, à la néceſſité qui commande la prudence.

Eloignons ces affligeants ſouvenirs ; étouffons les cendres fumantes de Vitry ; mais quel ſpectacle arrête malgré moi mes regards ! Où ſe précipitent ces légions ? Que veulent ces ſoldats, ces femmes & ces enfans confondus & réunis ſous le ſigne du Chrétien ? Ils courent expier le maſſacre de Vitry ; Louis a juré dans ſon déſeſpoir de laver ſon bras dans le ſang des Infidelles ; Dieu juſte ! Dieu bon ! Dieu de paix & de miſéricorde reçûtes - vous ſes ſerments ? aviez - vous remis vos jugemens dans la main des hommes ? Dieu créateur ! Dieu conſervateur ! Vous honoroit-on par les offrandes de la deſtruction & de la mort ? O miſeres ! miſeres humaines ! erreurs, foibleſſes, paſſions ; avez-vous donc tout alteré, tout dégradé ſur la terre, juſqu'à l'image de la Divinité ? La Religion, l'eſpoir de l'univers, venoit unir & conſoler tous les hommes ; vous avez enfanté le fanatiſme pour multiplier nos crimes & combler nos malheurs. Ah ! plaignons l'humanité, mais n'im-

C

putons pas à cette Religion qui ne commande que la douceur & l'amour, des excès qu'elle défavoue ; l'erreur de ses enfans ne fut pas son ouvrage ; plusieurs ont écouté l'ambition & la politique ; d'autres furent sensibles aux gémissemens de leurs freres, livrés dans les déserts aux outrages de l'ennemi ; tous ont été plus loin qu'ils n'avoient voulu.

Jamais Croisade ne fut entreprise avec plus d'ardeur & préparée avec plus d'éclat ; aucune aussi ne fut plus malheureuse que celle de Louis le Jeune ; l'éloquence de Saint Bernard entraîna tout & dépeupla les Royaumes ; Suger ne vit ces appréts qu'avec inquiétude ; les Villes seront désertes, les trésors s'épuiseront, la France restera sans défense, exposée aux troubles qui menacent les premieres années d'un règne ; Suger, homme d'Etat, désaprouva le dessein du Roi ; le Sage condamna-t-il ces guerres appellées Saintes ? Qu'il nous seroit doux de rencontrer dans l'ennemi de la féodalité celui des Croisades ! Avec quel enthousiasme nous peindrions cet homme rare, éclairé des lumieres d'une raison prématurée, dissipant autour de lui les ténebres de son siecle ; & la justice & l'humanité n'ayant que son cœur pour azile. Accusons les histoires ingrates, dont l'obscurité enveloppe cet instant précieux, & ne troublons pas de nos regrets le plus beau moment de sa vie. Le Roi part, Suger est nommé Régent ; vainement il veut s'en défendre , effrayé de l'énorme poids dont on accable fa vieilleffe ; toujours occupé de fa retraite ; inutilement il refufe ; lui feul peut foutenir ce fardeau : on le conjure, on le preffe, le Pape joint fes inftances à celles de Louis & des plus Grands du Royaume : il faut céder. Quel refus ! quelles prieres ! quel moment pour Suger ! Il dédaigne l'autorité fuprême & fa patrie l'implore comme un génie tutélaire ; ce n'eft pas le hazard de la naiffance qui le fait héritier d'une couronne, c'eft la nation allarmée qui la dépofe entre fes mains.

A peine Louis étoit parti , qu'éclaterent tous les défordres que Suger avoit prévus ; les mécontens & les factieux fe foulevent de tous côtés ; les Provinces nouvellement conquifes ou réunies font agitées de mille troubles ; les Seigneurs menacent, les Evêques refufent d'obéir , & le Régent abandonné même de ceux qui devoient partager fes périls , eft feul en but à tous les traits. Raffurons-nous , c'eft dans les dangers que fon ame fe déploie ; toujours agiffant, toujours veillant , parcourant fans ceffe le Royaume ; il leve des troupes, fortifie les places , choifit de braves Capitaines , des Commandans fideles ; dès qu'il paroît , les projets font déconcertés & chacun fe range à fon devoir : malgré les troubles, au milieu des dangers, rien ne languit, rien n'eft abandonné ; les droits du Roi ne reçoivent aucune atteinte : vaque-t-il un Evêché, l'élection demeure libre ; mais le temporel est saisi, & l'on est forcé de demander le consentement du Régent ; des vassaux veulent éluder la Justice royale, il les revendique, les poursuit & se les fait amener ; le Concile de Rheims offre une occasion de soutenir les priviléges de l'Eglise de France ; il la saisit & présente lui - même au Pape la déclaration du Clergé. Enfin le calme renaît, le nom de Suger imprime par - tout la crainte & le respect ; la paix règne autour du Régent, lui seul ne la connoît pas ; de tristes nouvelles arrivent de la Palestine ; les Chrétiens n'éprouvent que des revers ; chaque lettre du Roi annonce des malheurs & demande des secours ; mettre des impôts, accabler le peuple & le punir des fautes de son maître, c'étoit une ressource ; le despotisme l'eût trouvée facile & légitime : Suger en connoît une autre digne de lui ; les richesses de son Abbaye, fruits de la bienfaisance des Rois, doivent être le trésor de l'Etat.

Quelques efforts que fit le Régent, le mal augmentoit tous les jours ; déjà une foule de Seigneurs abandonnent l'armée des croisés ; avec eux, Robert de Dreux, frere du Roi, revient en France, & divulguant les mauvais succès que Suger avoit tenus cachés, les impute à Louis, & tente de profiter du mécontentement que sa conduite pourroit causer : à ce coup imprévu, Suger sent augmenter ses allarmes & non pas abattre son courage ; c'est un nouveau triomphe qu'un

jeune ambitieux apprête à son expérience.
Pense-t-il arracher le gouvernail de ces mains
exercées à le conduire à travers les écueils ?
Tout est déjà prévu, tout est prêt pour le
repousser ; les troupes sont sur pied, les vassaux courent aux armes, les Comtes de
Flandres & de Vermandois marchent à la
tête, & le Régent convoque l'assemblée des
Etats ; Robert, sommé d'y comparoître &
surpris avant d'avoir pu fortifier son parti,
voit rompre ses mesures ; au premier signal
toutes les forces du Royaume vont fondre
sur lui, le Pape est instruit, Rome va tonner,
Saint Bernard menace, l'effroi s'empare des
Conjurés, & le Prince humilié est contraint
d'avouer sa faute dans l'assemblée, & d'im-
plorer la clémence du Régent.

Alors la gloire de Suger étoit à son comble ; sa renommée avoit parcouru toute l'Europe ; l'Etranger venoit admirer les merveilles
de son règne ; des Evêques, des Rois passoient
les mers pour aller à sa rencontre ; ne mourons
pas, disoit-on, sans avoir vu le prodige de
sagesse : il étoit tems que l'envie attaquât sa
vertu. Qui pourroit se flatter d'échapper à
ses lâches fureurs, puisqu'elle sema dans le
cœur de Louis des soupçons injurieux à celui
qui sauvoit sa couronne ? l'ennemi du mérite
ne jouit pas long-tems de sa victoire ; dès
que le Roi aborde en Europe, il entend
chanter les louanges de son fidele Ministre ;
il passe en Italie & le Pape ajoute encore à

la voix publique ; il arrive dans son Royaume
où règnent un ordre admirable , une paix ines-
pérée ; par-tout est l'image du bonheur ; la
Régence a fait oublier les malheurs de la
croisade : Louis qui redoutoit les murmures
de son peuple , rentre dans Paris , au milieu
des acclamations de la multitude ; voilà ,
s'écrioit-on , en montrant Suger , voilà le
pere de la patrie. Titres fastueux de Grand ,
de Puissant , d'Auguste ! titres effrayants de
Vainqueur , de Conquérant & d'Invincible !
Prodigués par la flatterie , arrachés à la
crainte , gravés sur l'airain par de vils esclaves ,
disparoissez ; qu'étes-vous auprès de ce nom
si doux de pere de la patrie ? Qu'importe
qu'un Roi soit vaillant , s'il est injuste ; qu'il
soit la terreur de ses ennemis , s'il est aussi
l'effroi de ses sujets.

Qu'ai-je à faire maintenant ; & qu'ajou-
terai-je à cet éloge ? Hélas ! il ne reste
qu'à gémir sur la trop courte durée de la vie
des justes ; ils ne font que paroître sur la
terre , tandis qu'il semble que les méchans
n'y meurent pas.

Les travaux de la Régence avoient épuisé
les forces de Suger ; mes cheveux ont blan-
chi sous ce fardeau , disoit-il , en écrivant au
Roi ; cependant il le portoit encore tout entier ; il employoit ses forces expirantes à
lutter contre deux projets dont il prévoyoit
les funestes suites : la guerre de Normandie
& le divorce de Louis avec Eleonore ; com-

bien la France eût à regretter que ce grand
homme n'eut pas affez vécu! On ne l'auroit
pas fait ce divorce imprudent, qui rendit
les Anglois maîtres de la moitié du Royaume
& fut la femence des plus cruelles guerres.
Comme il combattoit; la mort vint lui an-
noncer le repos & le relever de ce pofte où
fon courage le foutenoit; il fe fentit frappé,
fes mains défaillantes laifferent aller les rênes
de l'Etat, & tournant fes regards vers le Ciel,
il ne fongea plus qu'à mourir; fes veilles
avoient allumé la fievre qui confumoit fes
derniers inftans & le conduifoit lentement
au tombeau.

A cette trifte nouvelle, Louis accourt;
mais la mort l'a dévancé, Suger eft perdu
pour lui; il ne refte plus qu'un corps inanimé;
Temple défert, où le Génie qui veilloit fur
la France, la Sageffe qui préfidoit au Confeil, ne rendent plus leurs oracles: bientôt
le cercueil lui dérobe cette dépouille vénérable, le cortege s'en empare, la terre la
redemande & l'engloutit; alors le cœur de
Louis eft déchiré, les larmes inondent fon
vifage; les Evêques, les Seigneurs, le Peuple en foule s'uniffent à fa douleur; & tous
enfemble, comme une famille défolée, pleu-
rent le Pere de la patrie. Honorable douleur! Eloge funebre bien au-deffus de nos
foibles difcours!

Ainfi mourut cet homme extraordinaire,
que la nature avoit formé pour être tout ce

que le fort eût voulu; ce Miniftre doué des
qualités les plus rares : infinuant & perfuafif,
il favoit s'emparer des efprits ; ferme & hardi,
fon courage en impofoit à ceux qu'il n'avoit
pu féduire; trop prudent pour être obftiné,
trop fage pour être inflexible: tranquille au
milieu des dangers, il eut cet efprit d'ordre
qui fans effort embraffe les plus nombreux
détails ; cette prévoyance, à qui rien n'é-
chappe, & par-deffus tout, cette politique,
alors peu commune, aujourd'hui l'ame des
gouvernemens ; cet art d'approfondir le cœur
des hommes & d'envelopper le fien; de juger les caufes les plus cachées, les effets
les plus imprévus, les conféquences les plus
éloignées ; de calculer les lieux, les tems,
les moyens, les avantages & les dangers;
de déméler les différents intérêts, de s'allier
& de fe divifer, de careffer & de menacer ;
de rendre fes ennemis même les inftrumens
de fes deffeins, & d'arriver à fon but au moment où l'on femble s'en écarter davantage.

Tel dut être, & tel fut en effet celui,
qui dans le fiecle fougueux de la féodalité,
fit trembler les Sëigneurs ; dans le tems de
ces querelles fanglantes, des inveftitures, fut
chéri des Papes, dont il contrarioit les deffeins ; qui membre riche & favorifé d'un
Clergé ambitieux, Chef d'une Abbaye qui
fe prétendoit indépendante, connut les principes conftitutifs des Etats, les regles du
droit des gens, & maintint de tout fon pou-

voir l'autorité du Roi fur la perfonne & les biens des Eccléfiaftiques : qui Seigneur puif-fant, affranchit les Serfs, abolit la main-morte dans fes domaines ; celui, enfin, qui trouva dans l'adminiftration de la Juftice & dans le droit de la rendre, le fondement lé-gitime de l'autorité, le véritable titre des Rois, & fentit ce que devoit opérer dans la fuite des fiecles, le droit de reffort, l'éta-bliffement des Communes, la conftance & la fermeté de l'Eglife de France à conferver fa difcipline.

Voilà l'homme qu'au dix-huitiéme fiecle l'Académie Françoife offroit à la reconnoif-fance de la Nation ; vengeons-la des re-proches qu'on lui fait fur un choix qu'on a mal jugé ; étoit-ce un Moine qu'il falloit louer ? Etoit-ce des harangues à des Papes, des difputes de Couvent, des réformes de Mo-nafteres, qui méritoient les fuffrages des Phi-lofophes & que l'éloquence devoit exalter ? Comment l'enthoufiafme que pouvoient inf-pirer les changemens heureux furvenus à l'é-poque de l'adminiftration de Suger, n'a-t-il pas écarté tout autre fentiment ? Comment l'incertitude de l'Hiftoire n'a-t-elle pas arrêté ceux qui vouloient le blâmer amerement ? De quel droit, en effet, s'il fut coupable, ofons-nous l'attefter à la poftérité ? Sur la foi de quels écrits condamne-t-on un Mi-niftre mort depuis plus de fix cents ans ? Que dis-je ! on verfe fur fa cendre le

poifon de la fatyre. Ah! méritez-vous que
la nature vous doune des grands hommes?
Infenfés qui voulez étendre le defpotifme
de vos opinions jufqu'à l'antiquité la plus
reculée; favez - vous ce qui fe paffe autour
de vous & l'hiftoire du tems où vous vivez?
Quelles opinions, quelles paffions, quelles
vertus infpirent ceux qui vous gouvernent?
Au fein même de vos familles, les fentimens
de vos parents, le cœur de vos amis vous
font-ils bien connus; vous-même vous con-
noiffez-vous? Rendez compte de toutes vos
actions; dites quel inftinct vous pouffa, quelle
caufe invifible détermina votre volonté; vous
ne le favez pas; & vous jugez: difpenfateurs
hardis de la louange & du blâme, vous ofez
affocier vos idées à celles des grands hommes,
& dénoncer à la poftérité leurs penfées les
plus fecrettes; ah! s'il eft permis de le ten-
ter; que ce foit pour embellir encore la
vertu, & prêter un nouvel éclat au génie;
quand on ajoute à leur gloire pour l'exemple
du monde, on peut exagerer fans crime,
quand on les dépouille, c'eft un attentat
contre l'humanité; les grands hommes, les
modeles de vertus, ne font-ils pas affez rares,
fans qu'on veuille encore en diminuer le
nombre?

Pour moi; je n'examine point ce que fit
l'Abbé de Saint-Denis; s'il eut des torts
avec des Moines, il n'en eut pas avec le
peuple. Ce que je fais, c'eft que cet Abbé

fut tendrement aimé d'un brave & loyal Chevalier, d'un Prince vertueux qui lui donna toute fa confiance ; que le Fils de ce Roi le refpecta comme fon maître, le chérit comme fon pere ; qu'il gouverna feul avec la plus grande autorité, & que les premieres idées d'adminiftration & de gouvernement n'ont point d'autre époque. Loin de moi les foupçons de cupidité, d'injuftice & d'ingratitude ; celui qui dans fes projets de paix & de juftice envifageoit le bonheur des races futures, ne fut pas inique envers fes contemporains ; non ; tu portois un cœur fenfible, où la nature avoit gravé fes droits ; protecteur du peuple, ennemi de la féodalité, je te rends grace, reçois mes hommages.

Que ne puis-je communiquer à toutes les ames les fentimens dont je fuis pénétré ! Que n'ai-je cette force de penfée qui fubjugue le jugement ! cette chaleur de ftyle qui trouble & ravit tous les cœurs ! Je fatisferois à fes mânes, j'entraînerois fur fon tombeau fon lâche Calomniateur ; & là ; vois-tu, dirois-je, cette cendre que ta rage a voulu deshonorer ; elle recueilloit depuis fix cents ans les larmes d'une nation fenfible & généreufe, & tu la difperfes avec mépris ; elle eft muette & tu l'accufes : tout-à-coup, fortiroit peut-être du fond de ce tombeau, une voix douce, mais pénétrante ; je l'entends : » ingrat, dit-elle, il » y a fix cents ans, tu n'aurois été qu'un ef- » clave, & je t'aurois fait libre ; fans azile,

» je t'aurois réfugié; dans la mifere, je t'aurois
« rendu la terre que t'avoit ravi la fureur du
« foldat; ton ignorance m'eût fait pitié, je
» t'aurois appellé pour t'inftruire; on te dé-
» pouilloit, j'armois la valeur de ton Roi,
» & la fageffe de| mes jugemens te ren-
» voyoit content; tu rentrois dans tous les
» droits de la nature & de la fociété; que
» falloit-il de plus pour enchaîner tes fuf-
» frages & mériter tes éloges? tu jouis &
» tu m'infultes; pour m'enlever le tribut que
» la poftérité payoit à ma mémoire, tu pro-
» digues le menfonge & la calomnie; vas,
» je n'en redoute rien; j'ai fait le bien, j'ai
» reçu ma récompenfe; & le fouvenir d'un
» feul bon citoyen, m'eft plus cher que tous
» tes outrages ne me font fenfibles.

EXTRAITS

ET NOTES.

Nous allons, comme nous l'avons annoncé dans l'avertiffement, extraire les paffages de la Satire qui nous ont paru les plus révoltans & les plus calomnieux. S'il falloit relever tout ce qu'il y a d'infidele, de captieux ou d'injufte, il ne refteroit pas deux pages entieres. Lorfque les monumens hiftoriques originaux, auront quelque rapport à ces paffages, nous les rapprocherons auffi par extrait, pour montrer à quel point on en a abufé. Lorfque nous ne citerons rien, c'eft que nous attendrons qu'on nous indique les fources où on a puifé; & nous attendrons longtems. Nous aurons foin de mettre des *&c.* & des *points*, dans les endroits de nos citations qui feront tronqués, parce que nous éviterons les fuperfluités ; mais nous ne craignons aucun reproche fur cette précaution.

SATIRE, *page 7.* » L'adroit Suger s'appliquoit à captiver la bienveillance de Louis

» le Gros, pendant que les Moines plus âgés
» affectoient des dehors austères : il cherchoit
» à l'amuser ; il y réussit.

Page 8. » En attendant les effets de la faveur
» de son maître, que ses espérances ambitieuses
» entrevoyoient déjà, le moine intriguant sup-
» portoit avec peine le séjour du cloître, &
» cherchoit sans cesse les moyens de s'en
» éloigner.

Page 12. » Nos Rois superstitieux, croyoient
» sanctifier leur conseil, en y appellant des
» moines. L'abbé de Saint Denis fut invité à
» celui qui devoit peser cette proposition :
» Suger y vint à sa place. Sa présomption dans
» un moment de défiance générale, une in-
» trigue minutieuse, nulle connoissance de la
» dignité qui convient à la conduite des Rois,
» nulle sagesse pour le présent, nulle pré-
» voyance pour l'avenir : telle est l'opinion
» que doit laisser de lui l'imprudent Suger.
» Il conseilla le mariage du fils de Bertrade,
» avec l'héritiere de Montlhéry ; mais en même
» tems qu'il décidoit le consentement de Phi-
» lippe, il insinuoit à Louis son fils, de paroître
» s'y opposer. Le motif de cette dissimulation
» étoit d'allarmer un pere, & de profiter de
» ses craintes pour le dépouiller.

Guido Trucellus filius Milonis de Monteleherii,
viri tumultuosi & regni turbatoris & .... *Timens*
exheredari, unicam quam habebat filiam, Domini
Regis Philippi & filii Ludovici, voluntate & per-

suasione, (valde enim appetebant castrum) filio regis Philippo de superductâ Andegavensi comitissâ nuptui tradidit; & ut in amorem suum frater major Dominus Ludovicus firmissime confœderaret castrum meduntense *prece patris* matrimonio confirmavit. Vita Lud. Gros. apud Duch. t. 4. p. 286.

SAT. *page* 13. » Suger inquiet, réduit à » réparer une légereté, ne fut y parvenir que » par une foiblesse. Rochefort à son retour fut » honoré de l'accueil le plus flatteur : la place » de Sénéchal lui fut rendue ; le titre si dan- » géreux de premier Ministre, reposa sur sa » tête ; & toujours extrême dans sa conduite » & dans sa frayeur, comme dans ses intrigues, » Suger détermina le Roi à faire épouser à » l'héritier du trône, la fille du premier Mi- » nistre, la jeune Lucianne, qui n'étoit pas » encore nubile.

Huc accessit quod guido de Rupforti, vir peritus & miles emeritus, præfati Guidonis Trucelli patruus, &c.... Regi Philippo gratanter adhæsit. Et quia antiquâ familiaritate jam & aliâ vice ejus Dapifer extiterat, tam ipse, quam filius ejus Dominus Ludovicus agendis reipublicæ Dapiferum prefecerunt, & de comitatu eorum collimitante, videlicet Rupforti & castello forti, & aliis proximis castellis, & pacem & servitium, quod insolitum fuerat, vendicarent. *Quorum mutua eo usque processit familiaritas, ut patris persuasione filius Dominus Ludovicus, filiam ejus Guidonis nec dum nubilem matrimonio solemni reciperet*, &c. Vita Lud. Gros. Duch. p. 287.

SAT. *pag.* 17 & 18. » L'orage que Suger » avoit élevé sur la France, devoit y éclater,

» Le mariage de Louis avec Lucianne, y fut
» déclaré nul; Suger qui en avoit formé les
» nœuds, les vit s'anéantir fans rompre le
» filence, & fans défendre au moins fon ou-
» vrage. Qui peut douter qu'il n'ait été le pre-
» mier acharné à le détruire, à renverfer ce
» fatal monument de fa légereté? &c.

Sed quam fponfam recepit uxorem non habuit,
cùm ante thorum titulus confanguinitatis oppofitus
poft aliquot annos diffolverit. Id. p. 287.

Page 19. » Le Pape indique un nouveau
» Concile à Rome, pour l'année fuivante.
» Toutes les intrigues de Suger n'eurent alors
» d'autre objet que de fe procurer l'agrément
» d'y affifter. La foupleffe de fon caractère,
» fa facilité à fe plier à tous les rôles, la faveur
» que le jeune Roi fembloit lui témoigner,
» les éloges qu'il avoit donnés au Pape, à
« l'inftant même où il en avoit été maltraité;
» cette flexibilité & de fourdes menées, firent
» efpérer au Pontife qu'il pourroit tirer parti
» de fon ambition. Pafcal fe détermina donc
» à l'y inviter; & fier de ce fuccès, le moine
» orgueilleux alla jouir, dans l'abbaye de
« Saint Denis, de cette préférence men-
» diée......

Page 20. » Il languiffoit dans le fond de
» fon cloître, lorfque la mort de Philippe
» ouvrit une carriere plus vafte à fon ambi-
» tion.....

Idem. » A peine Philippe eut les yeux

» fermés, que Suger ne l'épargna plus. Ni les
» bontés du fils, qui devoient enchaîner son
» opinion fur le pere, & le contraindre au
« refpect, ni le devoir de fujet, ni le carac-
» tère de religieux, ne purent retenir les dif-
» cours infultans de Suger.....

Cùm autem ad nobile Monaſterium beati Bene-
dicti fuper ligerim fluvium multo comitatu de-
portaſſent, quoniam *ibidem fe devoverat; dicebant
fi quidem, qui ab eo audierant* quod a fepulturâ
patrum fuorum Regum, quæ in Eccleſiâ Beatî
Dionizii quaſi jure naturali habetur *fe abfentari
defideraverat,* eo quod minus bene erga Eccleſiam
fe habuerat, & quia inter tot nobiles Reges non
magni duceretur ejus fepultura.... *p. 293.*

Voici une occaſion de faire remarquer la
légereté impardonnable de Gervaiſe, & la
mauvaiſe foi du fatirique. Gervaiſe s'eſt auto-
riſé de ce paſſage, pour critiquer Suger; &
le fatirique a, fuivant fon uſage, furpaſſé de
beaucoup la témérité de l'hiſtorien. Cependant
on voit par le *dicebant fi quidem,* que Suger
n'eſt pas l'auteur de ce propos tenu fur le
compte de Philippe, puiſqu'il le raconte de
oui-dire, & le place dans la bouche même
de ce Prince : mais ce qui doit encore plus
faire rougir le fatirique, c'eſt que c'eſt dans
l'hiſtoire de Louis le Gros, écrite après ſa
mort, que ſe trouve ce paſſage. Cependant il
oſe dire: *à peine Philippe eut fermé les yeux,
que Suger ne l'épargna plus.*

Sᴀᴛ. *page 24.* » En déſirant les avantages

D

» qu'auroit pû donner la victoire, les périls
» qui y conduifent, répandoient l'effroi dans
» fon ame : coupable de tous les meurtres
» qui fe commettoient, il fe tenoit lâchement
» à l'écart.

Et quia hoftes totam vicinam rapiendo . devaf-
tando occupabant, neminem occurrentium donis
etiam aut promiffis nobifcnm ducere poteramus,
&c..... nos acfi effemus de eorum confortio,
fpeculata opportunitate, non fine magno periculo
per medium villæ irruentes.....

Page 31. » Il fe contente d'infulter à l'abri
» des murs de fa fortereffe, l'ennemi avec
» lequel il craint de fe mefurer : cette con-
» duite du lâche ne mérite que du mépris....

Qui noftrâ exhilarati præfentiâ fabbata hoftium
deridebant mulţis que convitiis & opprobriis la-
ceffientcs, ad reciprocum affultum me invito &
prohibente revocabant. Verum ut me abfente, fic
& præfente & deffenfores & deffenfionem divina
manus protexit. *L.... p. 303.*

Ces paffages font relatifs à l'hiftoire de la
guerre du Puifet : nous n'en dirons rien de
plus. Le récit qu'en fait le fatirique, n'eft
d'un bout à l'autre qu'une fable groffierement
injurieufe.

SAT. *page 36.* » Il n'y fut abfolument (au
» Concile de Rome) qu'un perfonnage paffif.
» On fauroit à peine qu'il y affifta, s'il n'avoit
» pris foin de nous laiffer un grand éloge de
» la fauffeté italienne, dont il fe déclare l'ad-
» mirateur.

Page 37. » Cette rufe italienne, ce rafine-
» ment politique, excita l'enthoufiafme de
» Suger.

Page 41. » Il brigua l'honneur d'aller au-
» devant de Gelafe; & le plaifir de voir un
» Pontife humilié, recevoir de fes mains des
» fecours dont il fe croyoit le difpenfateur,
» entroit fans doute pour beaucoup dans
» l'empreffement de fes demandes...

Page 42. » Le Roi fe difpofoit à venir
» trouver le fouverain Pontife, lorfqu'il mou-
» rut. Suger ne cacha pas même fa joie de
» cet événement : il débarraffoit la France
» des dépenfes qu'elle étoit obligée de faire.
» On avoit levé le dixiéme fur les biens du
» Royaume ; & cette charge impofée à la
» prevôté de Toury, animoit vivement le
» patriotifme de Suger.

Cui cùm Dominus Rex occurrere maturaret, nun-
tiatum eft eundem fummum Pontificum podagrico
morbo diu laborantem, tam Romanis, quam Fran-
cis, vitæ depofitione peperciffe. *Duch. p.* 310.

S A T. *pages* 43, 44. » On favoit que Louis
» le Gros qui avoit étudié les belles-lettres,
» étoit capable de compofer lui-même fes
» harangues : mais Suger ne rougit point de
» chercher à s'en approprier la gloire, en
» laiffant entendre qu'il étoit l'auteur de celle-
» ci. (*Au Concile de Reims.*)

Page 45. » Dès que Suger fut inftruit que

» l'Empereur étoit si près, sa politique lui fit
» prévoir que la France étoit menacée ; & le
» Roi lui eut obligation de cette confidence,
» dont il lui fit part avec mistère...

Page 47. » Suger apprit une nouvelle qui
» le fit partir avec précipitation : il est à pré-
» sumer que les créatures qu'il s'étoit ména-
» gées dans l'abbaye de Saint Denis, l'avoient
» instruit de la fin prochaine d'Adam &c..
» il reçut en route la nouvelle de cette haute
» fortune, que ses vœux invoquoient depuis
» longtems.

Et diutius retinere vellet, si Ecclesiæ nostræ
amore & sociorum Abbatis Sancti Germanii socii
ac connutriti & aliorum persuasione non devoca-
remur. *Vit. Lud. Gros. Duch. p.* 310.

Repræsentans mihi, quomodo valida Domini
manus me pauperem de stercore erexerit, quomodo
& ante honorem hunc principibus Ecclesiæ & Regni concedere fecerit, qualiter me immeritum &
absentem pat omniun in hac Sancta sede sublima-
verit..... *Testa. Sug. Duch.*

Illud sciendum, absentem hunc & longe posi-
tum ad Regimen vocatum fuisse, nil tale suspican-
tem sed & accessisse invitum. *Vit. Sug.*

Cùm autem post decessum antecessoris nostræ
bonæ memoriæ ædœ Abbatis ad hujus Sanctæ ad-
ministrationis sedem tam immeritus quam absens
assumptus essem. *De Reb. in Admin. Gest.*

Pag. 49, 50. » Il alla d'un œil sec sur le
» tombeau de son prédécesseur, remplir froi-
» dement une cérémonie d'usage.

Domini nostri bonæ memoriæ Abbatis ædœs decessum denuntiat, &c.... *Ob ortis itaque lacrimis*

patri fpiritali, & nutritori meo humanitatis & pie-
tatis affectu compatiens, de morte temporali *gra-*
viter dolens, a perpetuâ eum erui devotiſſime
divinam implorabam propitiationem. **Vita Lud.**
Gr. p. 310.

SAT. *page* 59. » Suger de retour à Saint
» Denis, voulut donner à fes concitoyens des
» preuves de fa magnificence. C'eſt le propre
» de la petiteſſe, de prétendre effacer la gran-
» deur : elle peut l'humilier quelquefois; mais
» le mépris la venge. La fête qu'il imagina,
» fut une chaſſe au cerf, où l'on vit un moine
» furpaſſer le luxe de nos Rois. La forêt
» d'Iveline fut choiſie pour ce fpectacle. Il
» invita tous fes amis, les principaux Sei-
» gneurs de la Cour, & les Gentilshommes
» vaſſaux de l'Abbaye : tous furent reçus fous
» des tentes fuperbes, dreſſées dans la forêt,
» & meublées avec toute la richeſſe de l'opu-
» lence. Il les fit fervir avec autant de fomp-
» tuoſité que de délicateſſe, pendant huit
» jours que dura cette folie. La dépenſe énorme
» qu'elle entraîna, annonce qu'elles étoient
» les richeſſes de ce dépoſitaire du bien des
» pauvres.

Nec minus etiam venationem Ivelinæ, intra me-
tas terræ, quam Beato Dioniſio, multis tempori-
bus abſtulerant recuperavimus. Et ne in poſterum
oblivioni traderetur, illuc exeuntes, per continuam
feptimanam, afcitis nobis approbatis amicis & ho-
minibus noſtris, videlicet Comite Ebroicenſi, Amalrico de Monteforti & aliis quam plurimis, in tentoriis demorantes, fingulis diebus totius hebdomadæ
cervorum copiam ad Sanctum Dioniſium *non levi-*

tate fed pro jure Ecclefiæ reparando, transferri, &
fratribus infirmis, & hofpitibus in domo hofpitali,
nec non in militibus per villam, ne deinceps, oblivioni traderetur, diftribui fecimus..... *De Reb. in
Adm. Geft. De Vallecrifonis.*

Voilà le paffage de cette fameufe chaffe
d'Iveline, qui a exercé la critique de Gervaife, & fur lequel le fatirique a répandu fon
fiel : c'eft encore une belle occafion de juger
leurs bonnes intentions & leur droiture.

SAT. *page 60.* » Le fiége de Clermont fut
» réfolu : l'attaque & la défenfe fe foutenoient
» avec une égale vivacité, quand Suger, qui
» courut le danger de perdre la vie, & qui
» n'en dut la confervation qu'à la bonté de
» fes armes, tremblant d'y être expofé encore,
» ofa confeiller un expédient digne de lui. On
» avoit furpris une centaine d'affiégés dans une
» embufcade ; on leur fit couper à tous la main
» droite, & la leur mettant dans la gauche,
» on les renvoya dans Clermont avertir leurs
» concitoyens qu'on traiteroit de même tous
» ceux dont on pourroit fe faifir. Ce ftrata-
» gême barbare, fuggeré par un moine, &c.

Rex..... fignificavit militari viro & egregio
Baroni Amalrico a Monteforti ut eis ex obliquo
infidias ponens ne procinetum iupune regrederen-
tur provideat. Qui talibus callens in tentoriis fumit
arma, eosque equorum velocitate ex obliquo,
noftris eos impedientibus, inopinate quofdam in-
tercipit, Regi celeriter remittit. *Qui* cum redimi
fe multo rogarent, *imperat eos emancari* mancos
autem pugnos in pugnis referentes, intus fociis

remitti; quibus cœteri deterriti deinceps nos quie-
tos finebant. *Vit. Lud. Gros. p.* 315.

Page 61. » Il fuivit encore le Roi, lorfque
» la mort du Comte de Flandres, indignement
» affaffiné, lui mit de nouveau les armes à la
» main, pour le venger : mais fidele à la ré-
» gularité feinte, dont il mafquoit fa lâcheté,
» il ne couvrit fon froc d'aucune arme. Mi-
» niftre de paix au milieu des gens de guerre,
» il fut loin de leur prêcher la modération :
» lui feul imagina les châtimens qui furent
» infligés aux coupables ; ils furent atroces.

Page 63. » Suger prévoyoit depuis long-
» tems la chute d'Etienne de Galande ; lui-
» même il la préparoit en filence : graces à
» fes foins, le Roi commençoit à ouvrir les
» yeux, & paroiffoit mécontent de la con-
» duite de fon favori.

Page 69. » L'abbé de Saint Denis n'avoit
» pas confeillé une nouveauté : nos Rois
» étoient déjà dans l'ufage de faire facrer leur
» fils aîné de leur vivant. Mais la maniere
» inopinée dont Suger annonça l'événement ;
» le peu d'égards & de ménagemens qu'il
» employa pour s'affurer des Grands, dont il
» choquoit les prétentions, & des Evêques
» qui fe difputoient le droit de couronner
» leur maître ; fa mal-adreffe ordinaire, exci-
» terent les plus dangéreux murmures, & plon-
» gérent le Roi dans les inquiétudes les plus
» fondées. Suger fuggera, dit-on, à Louis

D iv

» le Gros, de fe défaire des deux hommes
» qu'on regardoit comme l'ame de ces troubles,
» qui pouvoient dégénérer en révolte : l'Evê-
» que d'Orléans & le Prieur de Saint Victor,
» furent affaſſinés. Je n'imputerai ces deux
» meurtres ni au Roi ni à Suger ; quel qu'en
» fut l'auteur, il demeura caché. Saint Ber-
» nard furpris ou trompé, en accuſa Thibaut,
» Archidiacre de Paris : il fuffit de dire que
» l'Archidiacre étoit l'ennemi de Suger ; c'eſt
» prouver affez qu'il ne pouvoit être coupable
» de la mort de deux hommes, dont les deſ-
» feins, funeſtes au Royaume, devoient l'être
» encore davantage à l'Abbé de Saint Denis,
» qu'il haïſſoit.

Ici j'avoue que je ne conçois pas comment
le cœur du fatirique a pû fuffire à la méchan-
ceté de ce paſſage. Toutes les autorités réunies, imputent ces meurtres à l'Archidiacre ;
& lui rejettant celle de Saint Bernard, on ne
fait pourquoi, accuſe Suger de les avoir fug-
gérés ; lorſqu'en même tems il avoue ne pouvoir les lui attribuer ; puis il infinue que l'Archidiacre étoit l'ennemi de Suger, &c. . . . .
C'eſt perdre fon tems que de réfuter des allé-
gations & des faits auffi groſſierement con-
trouvés : ma main fe laſſe de les retracer.
C'eſt auffi fauſſement qu'il prête à Suger, dans
la fuite, des intrigues, des vues ambitieuſes,
de fourdes menées, pour obtenir la Régence ;
auffi fauſſement il ajoute, *page* 81, » qu'averti

» par fa confcience, il trouva fon châtiment
» dans fes terreurs. Tremblant pour fes jours,
» on le vit fans ceffe occupé à prévenir les
» attentats dont il étoit menacé, &c... qu'il
» confeilla de faire prononcer le divorce de
» Louis le Jeune, &c. &c. « Sur tous ces faits,
que le Satirique cite fes auteurs & les originaux.

Les âmes honnêtes fe demandent quel
peut être le but d'une calomnie fans intérêt?
quel plaifir on goûte à foupçonner, à croire,
à raconter le mal, à nourrir de préférence la
haine dans fon cœur, à l'exciter dans celui
des autres : c'eft-là le fecret du méchant.

Après avoir dénoncé les calomnies, nous
ne terminerons point ces notes, fans dire un
mot des reproches que font à Suger, les
écrivains de bonne foi. Eft-il réellement coupable & convaincu des torts qu'on lui impute?
Il fut, dit-on, faftueux, & mena dans fa
jeuneffe, une vie licentieufe : fa réforme ne
fut pas fincere. Il perfécuta Héloïfe & Abailard;
il ufurpa l'abbaye d'Argenteuil.

Si j'ai, dans mon difcours, écarté tous ces
faits, ce n'eft pas que je les redoute & que je
les croye prouvés : mais pour juftifier mon
opinion, il auroit fallu difcuter ; ce n'étoit pas
là le lieu : d'ailleurs je les ai regardés comme
indifférens à fon éloge. Je n'ai voulu louer
que le Miniftre, & non l'Abbé de St. Denis :
c'eft aux Orateurs à décider fi j'ai bien fait.

Cependant qu'en peut-on penſer ſans partialité?

Il fut faſtueux & déréglé. Sur ce fait nous avons l'autorité de Saint Bernard, & la préſomption qu'au milieu de la licence générale des Monaſteres, le jeune Suger n'étoit pas exempt de ce reproche : adoptons-le. Ce tort eſt-il bien grave, eſt-il capable de flétrir ſa mémoire? Combien de grands hommes l'ont eu, qui n'en ont pas été ſi cruellement punis! Si les grands talens & les vertus de l'âge mur, diſparoiſſoient devant les erreurs de la jeuneſſe, quel ſeroit l'homme digne de nos éloges? Suger a-t'il reconnu ſa faute, s'eſt-il repenti, l'a-t'il expiée par une pénitence véritable, ſa réforme a-t'elle été ſincere? nous n'en pouvons raiſonnablement douter. Saint Bernard eſt encore ici notre garant. Quelle ſeroit donc notre injuſtice! un ſeul paſſage de Saint Bernard nous ſuffit pour l'accuſer; pluſieurs ne nous détermineroient pas à l'abſoudre? Quel penchant ſecret nous porte plus facilement à croire le mal que le bien?

Les éloges réitérés que Saint Bernard a donnés à la réforme & aux vertus de Suger, ont encore plus de poids que les réprimandes qu'il a faites à ſa jeuneſſe : » S'il eſt, dit-il dans ſa lettre 309, » un vaſe de prix digne » de ſervir d'ornement au palais du Roi des » Rois, c'eſt ſans contredit, le vénérable » abbé de Saint Denis : il vit à la cour en ſage » courtiſan, & dans ſon cloître en ſaint reli- » gieux.

Mais il a perfécuté Héloïfe & Abailard ; il
a fur de faux titres, fur de fauffes accufations,
dépouillé les Religieufes d'Argenteuil. Si on
s'en rapporte à Gervaife, on pourra le penfer ;
fi on pefe les autorités, on n'ofera le croire.
Qui nous prouve qu'il ait été le perfécuteur
d'Héloïfe & d'Abailard ? ce feroit fans doute
un grand crime, aujourd'hui que la galanterie
a dreffé des autels à ces amans malheureux,
que l'Amour les a divinifés, & que M. Colar-
deau a fi bien mis en vers la fameufe Lettre
de M. Pope. Obfervons cependant qu'Abailard
feul parle de fon affaire avec Suger, dans fa
premiere lettre : voici ce qu'il en dit. « Je fis
» folliciter auprès du Roi & de fon Confeil,
» par l'entremife de quelques amis, & j'ob-
» tins ce que je demandois. En effet, Etienne,
» alors Grand-Maître de la Maifon du Roi,
» ayant appellé en caufe l'Abbé de Saint Denis
» & fes Religieux, on leur demanda pourquoi
» ils vouloient me retenir malgré moi ; ce
» qui pourroit caufer du fcandale, fans leur
» être d'aucune utilité : leur vie & la mienne
» ne pouvant s'accorder. Je favois que l'opi-
» nion du Confeil étoit, que moins cette
» Abbaye feroit réguliere, plus elle feroit
» foumife & utile au Roi, pour les profits
» temporels : ce qui m'avoit fait efpérer d'ob-
» tenir facilement ce que je défirois ; & ce
» qui fut ainfi ordonné.

En ne récufant même pas ce témoignage
unique d'Abailard, dans fa propre caufe, qu'y

trouve-t'on contre l'abbé Suger? Il vouloit le retenir; est-ce là une persécution? Quels étoient les motifs de Suger? nous les ignorons : nous devons au moins penser qu'il alléguoit des raisons d'utilité, puisqu'Abailard en parle. Si l'abbé Suger eût été envers lui, aussi injuste, aussi cruel qu'on le dit, le sensible Abailard n'auroit pû s'en taire dans des lettres consacrées au récit de ses malheurs & des persécutions qu'il avoit essuyées. Sa sensible amante eût-elle plus menagé Suger, que Saint Bernard & Saint Norbert qu'elle appeloit de faux prophêtes?

La circonstance de l'Abbaye d'Argenteuil, dont Héloïse étoit Abbesse, rapprochée de ce passage d'Abailard, a servi de fondement à ce reproche de persécution, dont les tendres cœurs se sont indignés. Mais sur le fait même de l'Abbaye, est-il un juge qui osa condamner Suger? Voici ce qu'on trouve dans le Recueil intitulé, *De rebus in administratione suâ gestis.* Je traduis ces passages, parce que tous les adorateurs d'Héloïse, toutes les amantes d'Abailard, ne savent pas le latin.

  » Dans ma jeunesse, examinant les titres
» de l'abbaye de Saint Denis, pour défendre
» ses priviléges contre ceux qui la calom-
» nioient, celui de la fondation d'Argenteuil,
» me tomboit souvent entre les mains, &c.
» Il annonçoit qu'il avoit appartenu à Saint
» Denis du tems de Pepin, & qu'on l'avoit
» aliéné sous Charlemagne, pour la dot d'une

» de ses filles qui se fit Religieuse ; sous la
» clause qu'elle retourneroit à l'abbaye de
» Saint Denis après la mort de cette Prin-
» cesse. Les troubles qui agiterent le Royaume
» sous les successeurs de ce Prince, empê-
» cherent cette réunion. Mes prédécesseurs
» n'ayant pu y réussir, j'en conférai avec nos
» Freres : j'envoyai nos titres au Pape Ho-
» noré, Pontife aussi éclairé qu'ami de la jus-
» tice, qui nous restitua cette Abbaye avec
» toutes ses dépendances, tant en considé-
» ration de nos titres, que de la mauvaise vie
» des Religieuses qui l'habitoient. Le Roi
» confirma la réunion, & l'on n'omit rien de
» tout ce qui étoit nécessaire, &c.

Voyons maintenant comment la suite de
ce procès est racontée dans l'Histoire de
Saint Denis, par Felibien, auteur beaucoup
plus exact que Gervaise : ce qu'il en dit est
justifié par les lettres & les piéces originales,
imprimées à la suite de son Histoire.

» Suger en écrivit au Pape Honoré II, &
» la chose ayant été examinée dans un Con-
» cile de Paris, tenu à Saint Germain des
» Prés, l'an 1129, en présence de Mathieu,
» Evêque d'Orléans, Légat Apostolique, il
» fut résolu, qu'après que l'abbé Suger auroit
» pourvu les Religieuses d'Argenteuil d'une
» retraite assurée dans quelque Monastère, il
» introduiroit à leur place une communauté
» de ses Religieux, pour y servir Dieu avec
» plus de piété & de religion. Voici quel fut

» fur cela l'ordonnance du Concile, dans la
» lettre de Mathieu, Légat du Pape : La place
» que nous rempliffons, dit-il, nous donnant
» droit, comme perfonne n'en doute, fur tout
» ce qui regarde l'honneur des Eglifes, elle
» nous impofe en même tems l'obligation de
» travailler avec grand foin à retrancher les
» abus, & à procurer toute l'utilité dont nous
» fommes capables. Auffi ç'a été dans la vue
» de nous acquitter de ce devoir, que nous
» avons tenu depuis peu à Paris, en pré-
» fence du Séréniffime Roi de France, Louis,
» une affemblée de nos confreres les Evêques,
» où fe font trouvés avec Raynaud, Arche-
« vêque de Reims, Etienne Evêque de Paris,
» Geoffroy Evêque de Chartres, Goflen
» Evêque de Soiffons, & plufieurs autres
» Evêques. Comme nous étions actuellement
» occupés à délibérer des moyens de réfor-
» mer divers Monaftères du Royaume, tom-
» bés dans le relâchement, on s'eft récrié au
» milieu de l'affemblée, fur l'état pitoyable
» d'un Monaftère de filles, nommé Argen-
» teuil, où les Religieufes, qui y étoient en
» petit nombre, menoient depuis longtems
» une vie infâme, qui déshonoroit leur pro-
» feffion, & caufoit un fcandale public : fur
» quoi les avis de toute l'affemblée, allant à
» les faire chaffer de ce lieu là, le vénérable
» Suger, Abbé de Saint Denis, a produit les
» priviléges de fon Abbaye, confirmés par
» le Siége Apoftolique, & a fait voir par des

» titres authentiques, que le Monaſtère d'Ar-
» genteuil appartenoit de droit à ſon Egliſe.
» C'eſt pourquoi, après avoir conſulté ſur
» cela nos confreres les Evêques ; comme
» d'ailleurs ſon Monaſtère eſt à préſent un de
» ceux du Royaume où nous voyons davan-
» tage reluire la piété, eu égard & à la juſtice
» de ſa requête, & tout enſemble au miſé-
» rable état des Religieuſes d'Argenteuil, nous
» lui avons ordonné de les transférer dans
» quelque Monaſtere, & de ſubſtituer à leur
» place, de ſes Religieux, pour y ſervir Dieu
» dans les exercices de leur vocation. Et afin
» que la reſtitution que nous lui accordons,
» ait également lieu pour ſes ſucceſſeurs &
» pour lui, nous l'avons confirmée par l'au-
» torité du Siége Apoſtolique, & ſcellée de
» notre ſceau, après que l'Evêque diocéſain,
» Etienne, Evêque de Paris, a donné ſon con-
» ſentement. Le Pape Honoré II, qu'Etienne
» informa auſſitôt de ce qui s'étoit paſſé dans
» ce Concile, écrivit une lettre à l'abbé
» Suger, par laquelle il confirma tout ce qui
» venoit d'être réglé par ſon Légat & par les
» Evêques ; lui recommandant ſurtout de
» trouver place aux Religieuſes dans d'autres
» Monaſtères, avant que de les faire ſortir
» d'Argenteuil : précaution qui étoit néceſ-
» ſaire pour ne les pas expoſer à mener une
» vie errante dans le monde ; ce qui auroit
» été pour elle un état encore pire que le
» premier. Héloïſe ſe retira au Paraclet avec

» quelques-unes de ſes compagnes, comme
» nous avons dit en parlant d'Abailard; &
» les autres, pour la plupart, furent reçues
» dans l'Abbaye de Fôtel, mieux connue
» aujourd'hui ſous le nom de Malnoue.

　» L'abbé Suger ne perdit point de tems,
» & envoya auſſi-tôt pluſieurs de ſes Reli-
» gieux à Argenteuil, qui a toujours été
» depuis un Prieuré conſidérable de la dépen-
» dance de Saint Denis. Cette réunion s'étoit
» faite dans toutes les formes : le Concile de
» Paris, où préſida le Légat du Pape Honoré
» II, l'avoit ordonnée ; le Pape lui-même
» & ſon ſucceſſeur Innocent II, l'autoriſerent.
» Le Roi Louis VI qui l'avoit démandée, la
» fit encore confirmer dans une aſſemblée des
» Evêques & des Grands du Royaume qui ſe
» trouverent à Reims pour la cérémonie du
» Sacre du Roi Philippe ſon fils : de ſorte
» qu'il ſembloit ne devoir point y avoir de
» réclamation à craindre. Cependant, ſous
» l'abbé Eudes, ſucceſſeur de Suger, l'Evêque
» de Paris, nommé Maurice, ſe prévalut d'un
» des articles de la Bulle d'Honoré II, laquelle
» porte que l'abbaye d'Argenteuil ſeroit réunie
» à celle de Saint Denis, ſans préjudice des
» droits de l'Egliſe de Paris. Maurice prétendit
» remettre les choſes comme el es étoient au-
» paravant, c'eſt-à-dire, faire rentrer les Reli-
» gieuſes dans leur Abbaye : il allégua qu'on
» les avoit décriées mal-à-propos ; que leurs
» déréglemens prétendus, n'étoient qu'un faux

prétexte

» prétexte dont on s'étoit servi contre elles ;
» & qu'enfin si l'on vouloit y conserver
» les Religieux, il falloit que leur Monastère
» retînt comme auparavant le titre d'Abbaye,
» avec la dépendance de l'Eglise de Paris.
» Mais l'affaire étoit trop récente, pour que
» l'on eût oublié les justes motifs qui avoient
» porté les Puissances à faire ce changement :
» ainsi il ne put rien obtenir par toutes ses
» poursuites. Environ quarante ans après, la
» querelle recommença entre Odon, Evêque
» de Paris, & Henry, Abbé de Saint Denis :
» l'Abbesse & les Religieuses de Malnoue,
» poursuivirent aussi contre le même Abbé,
» leurs prétentions sur les biens du Monastère
» d'Argenteuil, dont elles avoient retiré chez
» elles les Religieuses ; & la chose alla si loin,
» que le Pape Innocent III, nomma des
» Commissaires pour appaiser tous ces diffé-
» rens. Il fut réglé que l'Abbaye de Saint
» Denis demeureroit en possession de l'Abbaye
» d'Argenteuil, à condition de payer tous les
» ans une redevance à l'Evêque de Paris, &
» d'indemniser les terres que les Religieuses
» de Malnoue avoient sur les fonds de Saint
» Denis, avec quelques héritages qu'on leur
» céda : après quoi Argenteuil est resté sou-
» mis & uni à l'Abbaye de Saint Denis.

Voilà cette affreuse spoliation dont on a
tant parlé, faite en présence de tous les Grands
& les Evêques, confirmée par deux Papes &

par le Roi, attaquée par deux fois fans fuccès,
& où il paroît que le feul tort de l'Abbaye de
Saint Denis, étoit de n'avoir pas acquitté
exactement ce qu'elle devoit à l'abbeffe de
Malnoue, après la mort de Suger. Gervaife
eft encore fur cet événement, l'auteur des
reproches peu fondés qu'on a faits à cet Abbé :
il a amplifié, altéré, dénaturé les circonftances; il y a mis au befoin, beaucoup du
fien : je n'en cite qu'un exemple. Il dit qu'on
força l'Evêque de Paris de confentir; & pour
le prouver, il traduit dans la Sentence du
Légat, ces mots, *Parifienfi Epifcopo Stephano
in cujus Parochiâ eft, primum faciente & con-
firmante,* par ceux-ci; *après avoir fait faire la
même chofe à l'Evêque de Paris :* ce *fait faire* lui
femble une preuve irréfiftible de la contrainte
qu'éprouva l'Evêque. Tout le récit de Gervaife eft du même gout : il s'épuife en con-
jectures & en foupçons, pour mettre Suger
dans fon tort. Je le répète; eft-il un Juge qui
ofa condamner Suger, quand tous les titres
font pour lui ? Croit-on aujourd'hui que les
Religieufes ont été injuftement accufées, lorfque l'Evêque de Paris, que fon intérêt portoit
à l'alléguer, n'a pu le prouver, dans le fiécle
même où cette réunion s'étoit faite ?

Je finis par où j'ai commencé : Gervaife
a déshonoré Suger; on a crù Gervaife trop
légèrement : on eft excufable de louer, mais
on ne doit jamais fe permettre d'accufer & de

condamner fur la foi d'autrui. Décider après
fix cens ans, contre le témoignage unanime
des contemporains, contre tous les écrits
originaux, que Suger fut injufte, ambitieux
& cruel, c'eft dire que toutes ces piéces qui
lui donnent de fi grands éloges, font fauffes.
Si elles font fauffes, fur quoi s'appuyer pour
lui faire fon procès?

F I N.

www.ingramcontent.com/pod-product-compliance
Lightning Source LLC
Chambersburg PA
CBHW060805180626
46818CB00002B/699